再见雨季

古丽蓉 著

清華大學出版社
北京

图书在版编目（CIP）数据

再见雨季/古丽蓉著. --北京：清华大学出版社，2014

ISBN 978-7-302-38542-4

Ⅰ. ①再…　Ⅱ. ①古…　Ⅲ. ①诗集－中国－当代　Ⅳ. ①I227

中国版本图书馆 CIP 数据核字（2014）第 271592 号

责任编辑：刘美玉
封面设计：傅瑞学
责任校对：王荣静
责任印制：刘海龙

出版发行：清华大学出版社
网　　址：http://www.tup.com.cn，http://www.wqbook.com
地　　址：北京清华大学学研大厦 A 座　　邮　　编：100084
社 总 机：010-62770175　　邮　　购：010-62786544
投稿与读者服务：010-62776969，c-service@tup.tsinghua.edu.cn
质量反馈：010-62772015，zhiliang@tup.tsinghua.edu.cn
印 装 者：三河市少明印务有限公司
经　　销：全国新华书店
开　　本：130mm×200mm　　印张：6.875　　字　　数：129 千字
版　　次：2014 年 12 月第 1 版　　印　　次：2014 年 12 月第 1 次印刷
印　　数：1～2000
定　　价：45.00 元

产品编号：061556-01

诗人简介

古丽蓉，安徽合肥人。自 1981 年起在清华大学精密仪器系学习十年，1986 年获学士学位，1988 年获硕士学位，1988 年至 1991 年做博士研究生。1991 年赴美，1993 年获约翰霍普金斯大学电子工程硕士，现在美国农业部任职。

捡拾的岁月(代序)

知道这份年纪
是一座回望台
鸟群归巢的时候惊飞枯叶
纷纷如系列遗憾

——《回望台》

这些诗均创作于1981年我进入清华读书，到1991年离校赴美的十年间。当时校园内新诗创作风气很是浓厚，我有幸担任了几年清华文学社社长，得以有更多机会和一群兴趣相投的朋友们参加诗文竞选，挑选欣赏竞选作品，编排出版文学社的期刊，沉醉聆听优美的诗词朗诵，创作互寄彼此的小诗作为厚重的礼物……

最初的遗憾，实在是因为太柔弱了，少年时无法承受别人异样的目光。考进了最重点的中学，尽管作文课上洋洋洒洒，在分文理科班时，却不敢动学文科的心思。因为一颗要强的心，是要在理科班得了第一才会满足，那时的风气就是如此。及至考上了清华大学，工程师的摇篮，又因为这同样一颗要强的心，正正与“自强不息”的清华校训相共振，便一路走下去，做第一，拿了学士、硕士学位，又接着上博士，越发不可收拾了。

原来想系统地经过一番学院式文学雨露沐浴的梦，终于因为第一步时的犹豫而做不成了。当年如果走上一条不同的路，现在已硕果累累或仍是忙中偷闲地作一些诗赋，已无从可知，但我想那样一定会比我现在的文学知识丰富些，文学朋友多些，做文章的意识强些，一定会受益匪浅的。有朋友劝我：诗是不能为业的。为写诗而写诗，反倒容易枯涩。像我现在这般，为了要流溢出来的情感、突来的顿悟、深沉的感触而融其于诗时，在我，是一种表达后的解脱；在别人，也会感到自自然然，不必费了太多精力去诠释。这么一想，也就将那无边无际的遗憾收敛了些。

清华读书的最初几年，喜欢在图书馆的红木长桌上自习。两壁高大书柜满满的精装书籍，一室学子静静思索或低声探讨的神情，还有许多许多名人在这里曾经如何如何的传说、故事，坐在那里，面对这些，抬头之间，看得见落地长窗外，老旧红墙上密密攀满紫藤，不远处积满厚重历史的大礼堂的圆顶，总有许多感觉不由得涌上来，让你想记下些什么。每门大课考试前总有大约一星期的复习温课时间，考完了，再隔几天。好在平时功课也不松怠，记性又好，复习时便能匀出很多时间，让我能借出许多杂书画册，一大摞摊放在桌子上浏览翻阅，让我能趴在桌上，一行一行描述自己的心境。极爱那时静静的时光，于是和那样的一个夏钩着小指头，定了五年、十年的长约，要一直在黄铜门内的图书馆长桌上阅读、写作。果然我年年如期履约，遗憾的是现在再也不设自习的桌位了。

始终不明白为什么最初喜欢利用的是那段时光。或许灵感从来就是愿意在你紧张做事的时候降临，空空地却是等不来的；也或许是那时稍有一些成就感，如我现在每每完成了一项设计、一件努力的工作之后，心底的那份要求报偿的遗憾又会悄悄地回来，总有一份牵系，带回许多在紧张时闪现却不得不暂搁一边的思绪。岁月像深秋里金黄金黄落下的银杏树叶，在白色宽阔的路面上，吸引着我循着来路去捡拾，赋予那些本来就属于它们的独特文字。

于是，我便要坐下来，静静地坐在灯下的长桌旁，面对我自己。是这样吗，我的朋友？否则

又有什么古老的解释
可以穿行而来

读懂那些巨大石柱碑文后
那些我现在
回顾的目光

——《石阵》

目　录

第　一　辑

第　二　辑

第　三　辑

第　四　辑

第　一　辑

再见雨季

雨季过去了
折叠雨衣时
也折叠了那道雨虹
再见，雨季
在我的衣柜里
你寂寞，却依旧崭新

图腾太阳和月亮的时代
我却苦苦崇仰着你
星星最好暗淡
我不想寻觅天堂门厅的徽记
不想理解那诺言一般
神秘的眨眼
我要雨季，雨季
坦白的，倾泻的，雨季

把我折叠了那么久的虹彩打开
雨季，它是你的
甚至皱折，甚至樟脑的暮气
这不是罪过，雨季

甚至憔悴也会成为一种美丽

只要你走来
我不再说再见

你将变成一支歌曲

我说我不会遗忘
你将变成一支歌曲
当山峰模糊成遥远的地平线
我收集漂泊岁月的音符
你会从透明的琥珀里飘出
环绕着我依依吟唱
在我放牧的草野
牵引我如云的牧群
　　　如云的思绪

你将变成一支歌曲
我说过总要吟唱
我会不知你的踪影 正像
不知道我终将浪迹何方
旧日悲欢的歌
是旅人寂寞中的伙伴
即使我忘却旧日，不再怀念
总会有一个冷清的月，提示一段旋律

你将变成那支歌曲

追随我的生命

任凭你现在，或许不服因缘

任凭你那时，或许不知不觉

女人的素描

其实淡淡几笔线条
我已经托腮坐你桌前
静静听你
说起过去的过去

其实轻轻一句呼唤
我已走出深深雨巷
在南方菩提树下
依你如红垣紫藤

本不必用深深浅浅的阴影
为我涂抹那么深邃的眼神
其实我清纯简约,一如你
最初的几笔

你把我落英缤纷的心事
简单地命名为爱情

半圆形的世界

视线是半圆形的
看不见的背后，或是祥云
或是秋瘴

期盼是半圆形的
契合时，或是盈盈满月
或是一轮残钩

走着总也不圆的人生
无处栖息
在朱幕高启的半圆形舞台

遥望明天

被旧表的小手指指点着
遥望明天
那是你的归期
在渐次分明的安静中
听见一阵絮语
朝你的来路,云聚

不期而至的仲夏夜
情人们的眼光布满星空
老树下去意彷徨
月影婆娑

时间一秒一秒
深刻而忧伤
密栉叠重在你归家的门旁
遥望明天

想着回家
已不够潇洒
旧居保持离时的缄默

无以言对

小心翼翼迈过子夜
家什亲切得让人心酸

索性坐着,等你的不潇洒
认定这个明白无误的日子
你匆匆由远地
无眠挨过
归途

让我到你的心里坐一会儿

让我到你的心里坐一会儿
朋友,尽管秘密早已腐烂
岁月静止在一个初秋的早晨
蜘蛛死在网中

不要装着灿烂的笑窝迎接我
让我在你心的一角
静静地小憩
但愿你狂笑,把我从一个太长的梦中
颠醒

不要拒绝我
到你的心里坐一会儿
我不会索求
仍将独自走开

夏日私语

有意无意之间
注定我终生悔悔悟悟
面对你今日私语

在最最没有预料的时候
令你我猝不及防

本来可以一直沉默着
流星栽入眼底，星闪星灭
只要再走过一段无语时光
就可以回到过去
回到过去，你我素昧平生
许多人告诉我，此刻千万
千万不要说出什么

你不谙梵语
结果却致我悔悔悟悟
终生面对你今日私语

无　　题

说是要含蓄地微微地笑
门篱总经不住狂放的撼摇

说是要热烈地欣欣地问好
堤岸总纪念甜蜜的寂寥

一路平安

很想送你远行
将这阳关三叠唱透
清清冷冷的峡谷
古时山风松涛荡然无存
你应该谛听滴泉中
流水的回音

来不及倚你宽肩
读完过去
海水已退潮
防鲨网不再遥远
沙滩空旷得让人想起远行

终究有送的停程
回首处我留下作海的纪念
走不进清幽山庄
或许吹咸风
张你翻飞膀翅
一路平安一路平安
芳草连天一路平安

准　　备

有时候买回书来
略略翻过后
便混入书堆准备着
准备我一日里忽然醒悟
那其中的一篇是正正对我说的

于是急急找出来在灯下
在梧桐树影里
流着泪一遍遍读
一遍遍说对不起，原来已餐风宿露
候我朝朝暮暮

是否我是同样的一本书，准备着
准备你不知深浅的记忆
一日里忽然醒悟
原来我正正是为你而来

那时你是否会流着泪
我的朋友，流着泪
一遍遍读，我现在反反复复写好的话语

一遍遍说，对不起人生太短
甚至无法读完一本
自己的书

重归九月

很多条路可以选择
重归九月
有许多郑重的日子
可以认定是
启程的理由

只要归心已在
只要你跟随我
走过一段丁香记忆
在斜斜屋檐的道旁
荷色清远的香韵里
雨中九月
会千山万水渡来
推开暮霭候你

只要你愿意
只要你归心犹存
在雨后斜阳中
总会有九月一天
不疲不倦照你
不分四季

想起落花去处

衔沙如燕匆匆奔向归宿
沙漠从后面追赶
足音未经记念 已被迅速卷走
听得见自己招呼自己

知道今夜将被淹没
或者黄土,或者黑梦

在飘转中默契某种效果
许多人想起旧居
想起温馨
脸上如落花残放,几丝绮丽

树叶哗哗坠落
在画布上寻找位置

想起落花去处,扶心深知
到天光暗晦时寻找昨日垂花
你无论如何不会找全
那些纷散花瓣

既　然

既然没有一张
互赠的照片
保留着形象
那就不必为每一个相像的面孔
震颤
你不会到来
并且据说要和雨季一起被淡忘

既然不再留一串
很神圣的数字
连系着踪影
那就不必在每一个认识你的人中
流连
你飞鸟一般起落
并且据说要飞到很远很远的地方

既然我们已不算年轻
我拥有矜持
甚至可以控制笑意
那就不必害怕转过身来

在跳跃着阳光的大街上
正望着你
也许不会在这一瞬崩坍
撞开惊讶的人群
摔倒在你宽厚的肩头
怔怔地流泪

也许不会
既然
既然我们已独自走过
那么长那么长
没有星星的夜路

金色浮云

——赠友人

就是那一天际的金色浮云
榴红的，浓重的
为你的注目而聚拢
从寥廓的山的视野
找寻你心的踪影
注定了很美的那一时刻
如果你的微笑照耀了浮云
你欣赏着云的彤红的金边

然而，浮云毕竟是飘忽的精灵
　　　没有星座的轨道
　　　没有冰川纪后
山与地的凝固

它只是缓慢
将巨大优美的影，投与你
用手指轻柔地梳理你的头发
在你耳边说完一个青草味的故事
然后，慢慢走开

在另一个时辰升起大山的炊烟

如果你终于疲倦
不再凝神久久徘徊群山间的云
不再捕捉那无声的脚步
云去寻向缥缈
飞散去无名山谷,晾成童话
不再风景
作逍遥的聚散

——如果失去它的家园
你的瞳仁

湖中岛屿

——游千岛湖

山路蜿蜒着
走进湖底会晤
那时的炊烟
缭绕云冈的情歌

只在湖面
仰起山的头颅
为了淹没了的记忆
生存

风景 岛屿
一湖沉沦的情感
目光越过礁石
静静潜下
追寻旧日的轨迹
……

风　筝

如果我是风筝
我不会听从风的吹遣
跑到云端的上面
和你隔了迷蒙相望
即使你放松了丝绳
足够我飞到听说了很久很久的月球
我只愿飘在你的视线里
翩翩地舞着你喜爱的柔姿

如果我是风筝
我会听从风的召唤
在每一个阳光明媚的早晨
哗哗喧闹着要去捉太阳的迷藏
即使你和梦签了合同
甜得连蜜蜂都摇头
我仍是催你快跑到广场去
我想和天空交谈

致意生命

——给我们共同的生日

屏蔽了喧闹的世界
他的，她的，他们的昏暗或辉煌的历史
一个会心的微笑
跨越岁月，围成我们的故事

生命是一个秘密
白天里都市的迷途
沼泽荒野清亮的眼睛
早已创造一世界的秘密
于是，我们降临到这个共同的神秘中
为了坦白这世界，坦白这生命

匆匆地赶着我们的路
尽管包围在彻底的世界的选择中
生命是一个躁动的灵魂
总在翘望又一片大海的日出
　　　　又一个前方的远足
而在每一个相逢的路口
我们会心地微笑

携了手，在冬天的灰云下
走很长很长的路
没有沉重，没有寂寥

浩渺的，不仅是这世界
永恒的，不仅是这时流

木芙蓉

弄色木芙蓉，也叫照水芙蓉，《岭外代答》谓之为添色芙蓉花，它第一天开白花，第二天变为浅红，第三天变成黄色，第四天变为深红，花落时又变成紫色了。

秋霜摇落最后一片黄叶的时候
你惊讶的是
我浓浓烈烈的开放

甚至不顾这个季节的冷淡
兀自在岁末的山野芳菲
和红蓼挨站着临照你灰蒙蒙的梦界

开着白花照明你的夜路
开着黄花代替冬日慵懒不起的日出
开着红花渲染你走出沼泽的欢欣

然后，降下紫色的帷幕
在你脚旁深沉地铺一地静穆

听，那支小夜曲

——致 S

听，那支小夜曲
踩着绿了的草尖
不是轻轻地又来了吗
所有离恨猜忌的日子
不是远远地又去了吗

只剩下这双深情的眸子
永远地凝注
和这唱不断的歌声
缭绕着你 我
缭绕着季节 生命

星星是我们的笑靥
每一闪烁，是相逢时会心的微笑

橙色的夕阳，孤独行者的旅伴
蓝色的忧郁蓝色的怀想
鹅黄的春 金黄的秋，淡淡的
是远去的风筝

蓦然回首
初夏里衣裙飘洒的少女依旧

依旧 依旧
送你一束依旧的丁香
送你七叶秋季的黄栌

听,那支小夜曲
精灵一般
它不是轻轻地又来了吗

彼　岸

冬天的白色新吻后
在土里崛动着
长出一片冷杉林
常绿着自己的季节
如果有阳光伸出大手
便拉成圈唱一首歌 把音符
随意地洒在落叶松软的心田

向南走就算是一个错误
或许我会继续走会儿
一直走到北方和你相会
热带风也在那时登陆
你发现这世界很小 这世界
原来并不在乎什么路线

或许一天里猛回头
已站在彼岸

快要下雪的日子

天气总是很阴沉很阴沉
煞白得发青 如同冷峻青森森的下巴
在一瞬间忽然知道了什么叫无可奈何
我无法改变节气 雪天
从十二月份日历牌
准时到来

就是说冬天来了
不管你准备好了没有
或者冻你成河边一株枯芒
或者你野鸽般飞过火堆
羽翎在夜空划一道弧线
仍旧没有巢穴

西北风从额角吹向额角
脸上布满烟灰,大约下雪也不过如此
望向你如同望向冬天深处
一瞬间知道了,什么叫无可奈何

所有的疯狂被迫缩到臆想中

快要下雪的日子好像该平静些
等待
到雪融化
春水和一支钢琴曲
在你胸中涓涓流淌
那时也许你想倾诉什么

对于夏天的怀想

夏
　蹑手蹑脚来了
连衣裙　白色的太阳帽
一个早晨
　做完了一夏的梦

图书馆,十九世纪
　　　　锃亮的长桌
哦,老朋友——
夏弯起小指头 与我
钩住了五年,十年
　　　　二十年有效的约盟

四个校门
　四条水泥道
载走四千
　又四千游子的唏嘘
天再也不会因为拥挤
　紧皱了脸
　　挤成一堆不安的

　　云

在不安的人群

投下久不散的朦胧

两个恬静的少女

携了手在校园

　　雨洗亮的道上

　　散步

或者在圆明园的夕阳里

　　无限逗留

峭　壁

鹰从赭黄的视野外
　盘旋着飞临
栖落在半山的巢窠

纸鸢从纤纤的手中失重
　悠悠栽向
不见踪影的江心

松鼠在干枯的枝丫间
　跳跃
攀援遮隐云的山岩

思绪从沉沉旅途逃逸
　飘飘在风中穿行
没有归宿的差役

望不见的岛屿

比天还远
超过了地球的弧度
你沉在那边
我望不见的岛屿

水母顶着遮阳的伞篷
向你慢慢漂去
我正把清晰的影子
投在你巨大的水域

你是平静地喘息
还是神经质地
怂恿大海咆哮

专心地扛着太阳吧
不要为我打制帆船
我会在地球倾斜的那瞬
向你滑去

桦树之眼

觉得有很多风景
在它高高的灰白色眼帘下

马群镀了层夕阳余晖
从静如天池的河岸
饮水而归

巨石伸直臂膀
仿佛一句天问
横亘于初冬的胸口

桦树之眼 为什么你苍沉注视
那瞬 我默祷的祈愿

假若历尽沧桑我与你同样
看懂无奈
桦树之眼此刻呵
请你温柔些
温柔些待我
毕竟那瞬祈愿
我已用了一生一世
一世一生

我　爱

我爱在幽蓝的天穹下
树叶网住繁密的星光
一切都在安睡
一个孤独的身影在徜徉

我爱在茵绿的草地上
湿土吐出清淡的芬芳
一切都消隐
一个美妙的乐音在飘扬

我爱在赤橙的夕阳下
背一肩深沉的金黄
沙沙地踩着落叶散步
捕捉鸟一般飞着的漫想

四个半传说

传说我们相逢前
就已相识

传说我们在冬天的松林间
散步到零度以下的早晨

传说我们在暮秋
野火般焚烧起满山谷的相思

传说我们谈到死时
依偎着如要同去殉难

传说……
我们从不相识

古　塔

都说你伟岸
但却寂寞
我拨开长了一千年的荒草
走向你时
桂圆树说你睡了
才和鹰鸟探讨过滑翔

你不会倾斜
每一双遥远的眼睛
向你眺望
我原以为那是你的栋梁

悄悄地打开门
在你的矜持中我蹑手蹑脚
每一道年轮的皱纹
安详地挨坐着
晒太阳
还有闲情时你侍弄的桑葚儿

你用风铃
远远地送我到今宵

南 方

梅子黄熟的季节，趴在窗台上
我用儿童的眼睛
天真而寂寞
与南方红色建筑群间漏下的雨
交谈
我们是老朋友了

妈妈藏起了我天蓝色的雨鞋
我却让许多鞋一般的纸船儿
走进漫过台阶的水中
小船是不听妈妈话的
它们快活地在南方的雨巷漂游
南方是母亲的温柔
纵横的路，是母亲伸开的手指
牵着早已不会迷路的儿童

当我在北方的学子中
寻到了南方的等温点
——妈妈，那是一颗清澈的瞳仁
不听话的小船又找到了我

仍是那么天蓝 那么清悠

北国也有纵横的路
北国也有多雨的季节
我们沿着河水走去
不穿雨鞋 赤裸着双足
船儿一般漂行

还有,妈妈
北国也有南方的温度
　　南方的温柔

留　白

这题款之外的许多日子
是特意留下来给自己
在远远的地方，远远地
想开过又含苞的九月

我没有告诉过你
这是一种奢侈
在远远的地方远远地
走一路密密匝匝深深浅浅的相思

想起或不想起
回味不尽的时光
常常是无法着墨
悬挂在岁月当头

忘 忧 草

总有一段日子
使你在回顾时
每每忘返

一如那时的心境
幸福而惶恐不安

尽量避及的话题
往往是一个很深的纪念
尤其在你又要远行
飘出音讯之外

七月里河边草总是很绿
千姿百态，垂覆到无人石径
实际我们缄口不语
已是一种会意

总有一段日子
在心中温柔沉浮着
安慰自己

想象的翅膀

好想随了行云流水的思绪
我想我是准备好了
现在我是一朵蒲公英
可以飘呀飘到季风能够吹到的
任何一个地方

从高高的鸟瞰中
把我那些无限深远的感觉
细细地,细细地具化成
想象的模样

蔓延的绿原
迤逦在云影下面
熟悉又真切地掠过
在立住的翅膀上 亲爱的
为什么看见的又是你的微笑

又是你的微笑
莫非我真如候鸟
风雨兼程的
不过是早已注定的归向

轮　渡

这是最后一班轮渡
我看着它
打开燕尾形的水纹
不客气的绅士般
把黑色背影留给我

江面晦暗
雨水顺着雷声
从远处急速奔来

正像我披散长发
从大坝上跑下码头

只看见它的背影
走进我要去的那个地方
背包顺着肩头滑下
过期船票在江心打旋
我和雨呆呆对伫

这是最后一班轮渡
今夜我将没有归宿

逃　避

明知道无法逃避
做出种种努力
只成为一种安慰

深色瞳仁与长黑秀发
柔柔披落在肩头
风起时噼噼啪啪如同脚步
跟随其后
感觉到阳光抚摸时
寻找阳光之手
转身处总是十字路口
你我却恰恰无法交臂而过

然后要你跟随我
很累很累爬上山上小屋
洗净铅华下狂傲面孔
在你对面
只有一个女子苦苦
苦苦追寻的一场抱负
由于逃避不了在初暮时
越发沉重

莫名的心境

今夜在钟响之前
我想打点完行装
母亲
戚戚看着我
我也只微微一笑

每次远行的日子总会
半是骄傲 半是仓皇
毕竟是你计划的飞翔
每次准备却匆促
应付不了一份失落 一份惆怅

所以知道
以后谈及母亲
总会是一种苦涩的味道
在回忆那么多快乐的
笑迸热泪的
小事后
为什么,为什么感到的
却是一阵忧伤

无 花 果

总是在很久很久以后
才想起那时的一个微笑
很酸很酸的
不经意间发酵了往后所有的岁月

没有地址的思念
从此飘飘邮向你的门前
长成一株不具名的怪草在黄昏里轻扬
正如我怪你不解的远逝

注定了我总在漂泊 虽然
你已老槐般撑起一方绿荫

铜铃响起的时候
我会一直循着声音 一直
走到那天里
面颊已不再娇嫩 而是紫褐
如夏季里最后一棵无花果
有谁说你没有花期
我温柔地对着他们微笑

欺　　骗

说是不能回报深深的眷念
赶着时光翻译脸庞的阴影
衍射透不过闭死的门扉
走开,现代人的价值是自尊的清醒

相信淡如水的描述
没有牵挂,没有思念
魔术师玩着平淡的神奇
欺骗导演着神奇的平淡

说声相信欺骗是爱情的胎记
万千生涯万千生涯丢不了初恋的心

望着窗外

望着窗外
就好像代表了一种期待

期待在青砖的路面
雨蘑菇盛开的时节
有一把黑伞蹚水而来
我们雨燕般从屋檐飞向雨季

期待从凤尾蕉的庄重中
琢磨出什么
多少年就这么立在风中只微微扇摇
夏夜下故事和游萤
只是流向这里

知道推开窗
纱帘也载不动我
到汲着清汁的蝉那儿高歌
我的歌总是在心底
溪水般潺潺流动

间歇中
每每却总要望向窗外
窗外是天
或许我的翅膀
终究成一帧图案印上
窗外是夏夜
或许我的小窗
终究会橄榄般绿起来

望着窗外
就好像为了一种期待

旅游季节

旅游客车载了一车
花花绿绿的包和人
从盘山公路
驰骋到旅游季节里

可口可乐易拉罐的配色
大山敞开肚皮
尽情地吞吸

一山的散兵游勇
追捕据说如此的景物

被大山捉了三天的迷藏
蓬头垢面钻出来时
蓬草划破了手 蛇破了胆
踮了脚 翘望
下一次的季节

染上热症的
旅游季节

第　二　辑

距　离

大海和月亮是一对情人
——相爱——
跨不过天与地的距离

猩猩和人类是一种动物
——相似——
跨不过古代和现代的距离

他们和他们是同样的焦渴
——相识——
跨不过篱笆隔开的心泉

运　　河

最后的几点荣华
和这干涸不了的生命
在垂暮的日子
乌黑地流
古运河
比死亡还暗淡的生存
几万只乌鸦掠过
遮没了历史

不如湮灭成一片野地
荒凉蒿草
从来是凭吊者不朽的景观
或者托起一个咖啡色的
　　旋转餐厅
在都市的喧哗中默默无闻

应该像陨石雨的坠落
闪烁
之后，死亡

空　白

历史书还在出续集
像对待美味鱼干片
我们大嚼着吵扰了笔
历史在这儿停顿

一时间挤满了这个年纪的时髦
生吞活剥塞满一脑瓜新名词
站起来消化时
小城还在酣睡
不再分析瞪着眼睛想
遗憾着什么

座钟提醒着白天提醒着笔
列车扯开一片总不着墨的空白

历史太悭吝会索回每一张白纸
填满了交给你时
你遗憾的是忘了说：
今夜星光灿烂

吹肥皂泡的小女孩

小女孩把肥皂泡
从她红色小楼的窗口
吹到城市流满车的大街
十几个飘逸的小精灵
舞蹈着芭蕾
踮着脚尖如同她
走过午睡的父母 走进
蝉的树林

知了 知了
总是迷路
消失得像肥皂泡破了
大人们贴了满城找寻启事
直到星星找到家里的灯
外婆找到她的哭声

回来了 带回树林里蝉的聒噪
一脑瓜探险家的骄傲
尽管最后是哭声开辟了道路
那是小女孩的专利

夜里照明梦的
是许多双发亮的小飞翼
和许多串又圆了的肥皂泡

青　苔

日子过去了
我的阴郁铜绿般侵蚀了你
于是你全身缀满青苔
在松鼠无忌的践踏下
你修复完绿色的甲胄
又是冷静地等待

岁月逝去了
我的生命野草般漫过了你
于是你全身缀满青果
在阳光剥落的霹雳声中
你会干涸 我会萎谢
春天
仍是殷殷地归来

沙　滩

潮水涌上来的时候
我和蚌壳一块儿
把自己丢在沙滩

读每一道白色浪头
拍发的密码
懂了，便潇洒地挥一下手
让幽蓝的天空闪烁默契的省略符

脚印托付给沙滩
作重逢时的印证
然后，静静地躺下
湿漉漉的早晨
会有人跑来
捡起湿漉漉的我们

雪

就借你这份洒脱
雪，看见我的身影
纷纷扬扬盖满了一世界吗

把烛光转成环着音乐的光晕
给冬日里枯萎的心灵带去问候
集合着关于目光的所有注解
雪，造访了冰湖　宫殿
泥浊的弃野
你不也是依旧洁白吗

袅娜地飘入这世界
弥漫着风景，颓败的断墙
聆听大地时
雪
我的气息追随着你
可听见它脚步轻轻

错　觉

当你从白色寥廓的远方
踢踏着走来
白桦辨认出它倾斜的天空
伸展开
抖出秋日水彩渲染的画幅
我辨认出你忧郁的小调
寻找去
夭折了春天濡湿成一整个忧郁
风景不再

枫林不会燃烧
错觉了一千次 它仍是安安静静地炫耀
你仍旧是踢踏着
哼着忧郁的小调

如果你最后向我注目
你小心地解释说你并不忧郁
我涂红了樱桃小口灿烂微笑
我的忧郁等着 被错觉成好大的欢欣

浅　　滩

大海被搁浅在
柔软的沙滩
退缩着
任蚂蚁一般的人潮涌上来
淹没
甚至来不及招呼帆船

只把悲哀
星星点点撒开
水洼是大海的泪花
咸涩的
海螺仍旧嗡嗡地回应波涛

当暮色围困大地
我搁浅在
水草蔓生的河湾
星星是挥洒的泪花
清澈地从天空注视

我把自己粉碎
残骸会在江里
自由地远航

云　海

是仙灵们的炊烟吧
从深邃的大峡谷升起
攀爬向天空
熏醉了一山的游人

铺在脚下，浓厚柔软
这巨大的席梦思
顺着松与石走下去睡卧时
不知道梦会在
哪处港湾停泊

交　易

把黄昏交易给沉思
把夜晚交易给思念
把命运交易给等待
把自己交易给未来

只留下良心
做买卖的秤盘

破产
也挂着鲜红的招牌

风　景　画

灰蒙蒙的冷雾把斜阳
和枯萎的丛林
隐没进冬日黯然的黄昏
鸦群不怀好意地呱叫
吓退最后一名勇敢的游人
风唱着征服者的歌
呼啸掠过
慕名聚来的无数的花
在坠落几滴艳丽的
红色的
紫罗兰色的
泪后
分散着把叹息带往各处

依旧是那片荒漠
真实的残垣

和最甜美的少女的笑
走进相册
在依偎着的情人后

和 T 恤衫 旅游包 蓝眼珠
皇冠车 商亭里七零八落的小挂件
一起作为背景
廉价的道具

之后，矜持地站在冬天里
在没有游人的
冷冷清清的冬里
用最朴素的语言诉说
给安静倾听着的
漫步寻觅着的人

就以这种形象
走进诗
走进画册
走进历史的记忆

对　话

雷电是云和云的对话
相逢的瞬间便是一个回合
连死亡也是辉煌的
天摇醒世界，致哀
泪水流泻的时间
甚至比结合来得长远

沉默是你与我的对话
一世纪过去了还是无话
甚至连一个微笑也吝啬
晃晃脑袋醒了，仍是一面白壁
蜘蛛在墙角徘徊
网无声碎裂

我，但愿是一堆乌沉的云
你，但愿是一堆乌沉的云
即使闪电　雷鸣
也远胜这一壁的静白

或　者

或者在暮秋时节染红山野
飘落
也保持枫的造型
镌刻在长城的青砖间
……
如果思念
便是绵延永远的思念

或者在不相识的黑夜
把历史画个圆圈
像空洞的瞳孔
守望这冰凉又冰凉的世界
……
如果结束
便是不再有姓氏的传说

为了单纯

也许我是单纯的
如果我的眼睛执意不看流血的伤口
我的脸，不再感觉泪的咸涩
我的心不再去体味人情的冷暖

我确实是单纯的
当我在一盏红灯的微光中旋转
我以为拥有的，便是一个世界
属于我脆弱神经安睡的摇篮
当我在茂密的林间
沉静地走向一棵大树
我以为倚靠的，便是一个堤坝
为我抵挡掀起的波澜

我不去追踪痛苦
你的，我的
我只用单纯抚慰痛苦
你的，我的
冷冷的，会是一度欢娱的情人
走拢，离散

只为谱一曲悲切的歌
歌唱阳光下的云翳阴霾

还会有一个宁馨的夏天吗
你走了
把我托付给空荡的青石长凳
守望水榭静静的廊沿

我不去想那将至的朝暮
　　　想那复杂的人的学问
为了单纯，彻底无瑕的单纯
我柔顺地接受命运的裁判

立　春

城市冻出了冻疮
立春时溃烂
哗,流了满街浑黄的泥浆

冬雪仍在瓦顶栖息
伸出冰凌探问着
西伯利亚寒流的去向

一个老人打开吱吱呀呀的大门
挂出一串红红火火的灯笼
爆竹于是在古旧的宅院点响

立春过去了
一场雪覆盖住泥渍的街道
秃枝在寒风中跳着绿色的舞蹈

倒影·启示

对城市说声再见 我们
把假日留给大山
图书管理员隔着黄铜门大叫
山开着门,去读自然

地图塞在旅行包,倒是
村童的吆喝提示着路
不再喧扰 离了城市 也离了乡村
望向你时
无语倚在青坡向一泓春水交谈

把倒影叠与云 与杨树 与黛色群山
风栖在树梢不忍鼓翼
吹皱一池静谧的谐和
你的徜徉在云与山的思绪

我以清亮的眼睛转向你
坦白平静地映照
你晴朗的笑你纯得透明的遐思

雨　中

摩登的尼龙花伞
在雨中蘑菇状开放
沿着打湿了的林荫道,一根根电线杆
匆匆拥聚,云散
在节奏和旋律中踩得舞步姗然

我不去披挂什么,任情在雨中骑车
像上一个夏季的雨天
从老远的城里取来打印好的蜡纸
用我唯一骄傲的蓝上装裹着
一头冲进雨帘
湿了风一般飞起的长发
　　帆一般鼓起的白衣
我不知觉
心是早已湿在诗的海洋

像上一个夏季的雨天
我不去披挂什么,任情在雨中骑车
看不见尼龙伞下的面目
只吸摄进一路摇曳变化的多彩队伍

匆匆地合，匆匆地分，匆匆地走
每顶伞下有我景仰的天地
每个人的缤纷世界

打湿的一缕头发飘到唇边
我含住
极目读我苍天大伞下的诗
　　苍天大伞下我之世界的每一路标

大小孩子

孩子们会偷了妈妈的一块小布
给布娃娃缝一套小衣服
歪歪斜斜的针脚
沿着歪歪斜斜学步的足印

我们也会偷来一个宁馨的夜晚
在草地啦啦啦唱几首娃娃的歌
还是小孩子嘛
就是要笑,要哭,还要一个玩具电子琴

明天早晨就是大人了
收拾着圆规,活页夹,英汉字典
大人小小的石头,嘣嘣嚓嚓的琴音

但现在,
是咕咚咕咚一个劲儿灌汽水的小孩子
当我们再去赶路时
活泼泼的记忆
便走去,连接前方大漠迢遥的驼铃

站　　台

那个声音又在急急地催我
快，这列车
直达列车
那个声音说是你在站台等我

是吗 我跨上列车匆匆地
忘记问哪个站台

你在等我 站着和信号灯一起等我
亮灯的时候 我知道你的目光会托住我
于是便准备飘飘优美地跳起
给你一个大大的惊讶

然而，没有你
密密地梳理完一层层的目光
我忘了问在哪个站台

这列车要开很长很长的时间
谁也不知道直达到哪里
那个声音告诉我 你在站台等我

汽笛响过后我就收拾起包裹
在每一个站台下去
又上来

知道你也在寻觅着我
那个声音说是你在站台等我

告　别

挥挥手，就是告别了
我很轻松，你很轻松
空气也很轻松
另一列火车上挤扁的脸发出轻松的吁声
我明媚地笑望着他们
不要忧郁
哪怕眼底苔一般累积的乌沉的岁月
也该消融
你很轻松，我也很轻松

注定了要思念
即使我们轻松得像陌生人
即使我又像在每一个懒懒散散的日子
融进烤羊肉串的青烟和农贸市场的吆喝中
我很沉重
你也很沉重
然而我不会在空了的月台凝住
记数着一个又一个窗口的问候
只会让时间去揭开
这一个优雅的骗局

对于大西北的向往

说积了几万年的雪无声地融了
汩汩地流，便汇作无所羁縻的大河

说冷清了几千年的荒原被大声震撼
慢慢醒了，便重绘地图上弯弯曲曲的符号

啊 我真向往那片空寂处人的回声
　　我真向往贫瘠处女地原始的辛劳

几顶帐篷，敞开对浩渺的天地
一批先驱，赴来抡创业的斧镐

我想学会忘我，把旧时囚紧的视野
向质朴的大地释放

我想认识自然，使拥挤扭曲的天性
在热汗的洗涤下舒展

大都市霓虹晃得耀眼
太多的脚轧踩碎太多的冀望

安逸看得久了
却原是粉红与深蓝游戏着消耗

我向往那片高原雪的洁白
向往开拓中开拓的人的自豪

安　　宁

踩着落叶在丛林中
学了父亲的一副老成
打量迷惑了旋律的嘈杂
告诉我,音符呢,线谱呢
我爱抚过的长耳的兔儿呢
兔儿该不会躲进迪斯科里忘了回家吧

曾有一个青草绿的家
红红的草莓挂着
是苍茫中的徽记

树枝剪碎的阳光跳着
追逐我的思绪
树影是丛林和我的默契
掩荫了我的长发我的叹息
把心浸在这足够足够的安宁
是哪个精灵在吟唱幸运
说是疲累的双腿走进宁静的殿堂

即使我行路

无意中忧郁的活泼的目光
启开另一座殿堂
我仍会回来
循着你揉进每一缕风和光的启示
找到这片丛林，这片夕时的阳光
神们的广场

成熟的日子

——致 S

到每一个角落都回应来一声往昔的呼唤
每一个日子都像秋天
拎出一嘟噜紫葡萄般发亮
沉甸甸的过去的日子
我知道，是成熟的日子了

用了最平静的声调
淡淡地，久别后描述起
屋后一群灰白色的鸽子
每个黄昏，我揭开窗帘
对着天际了望
你笑笑，只说好困呀昨晚
失眠在梦中

秋　雨

秋雨携了凉的消息
淅沥沥敲打晚归人的花伞
不知钟楼击响的声音
曾否潜入洞黑的窗户

秋菊已悄然凋谢
花坛空留过路人陌生人的问候
秋雨淋透了一个淡蓝色的童话
晾起来，它却兀自飘向无名的山谷

等　待

等待香槟淹没了烛红的酒楼
我恍惚在蓝色的音乐
你开始诉说起一个等待
等待不是秘密
羞怯早已成熟进少年时的档案
而我们已不再年轻

尽管仍是飞旋在打击乐的节奏中
致意每个年轻纯稚的注目——哈罗

等到夏夜,嗡嗡的小蚊虫
不回头地向视线以下飞逝
天褪色成失血的苍白
风萧瑟成离恨的呜咽
你会用口哨吹一个调号
笑着说是诙谐的变奏

地平线托出的每一个太阳
是休止符吗？是又一段路的里程碑吗
你说我们的主题总是延伸

伸进大都市的霓虹广告
伸进荒原险陡的野径
我说,它将
伸进命运,死亡
幽默

送　别

母亲是不到车站送别的
母亲的送别是聚了一春的话
绵绵地在夏日的夜晚
给失眠了的星星和失眠了的女儿诉说

探戈是这个假期的主题吗
穿了红短裙的歌星
歇斯底里唱着悲伤爱情
爱情却在每盏暖黄的台灯下
从大部头书的字缝里,走出
送来一个盈盈的笑
一个醉人的酡红

而母亲仍是绵绵地
牵起这么一个失眠的夜晚
牵着到她二十年沥血修筑的路
牵着用几十年母亲们的自信

潮　汐

如果这世界的爱宠浸透你所有过去的岁月
花冠缀满童年，少年，每一个梦境
在清晨蹦跳着生命的光中
读太阳拍发的密码：哦，世界

如果一天你陌生地醒来
被遗弃在这片光秃秃的秋野
你用陌生的问号回应第一阵风的吹刮
然后，用惊惶的眼睛望着我——

是的，我永远会走过来，拉起你的手
对你说起一个不会陈旧的话题

寒夜里告诉你的
是故事，也是潮汛

五　色

把时装杂志丢过来又扔过去
女郎粉红着脸
展开大黄的，大红得扎眼的裙衫
招来一队队金黄 洋红色的队伍
走到夏天里
热烈蒸发的大街
绿色阴凉的情人们的黄昏

教科书老成地踱回安静的书架
和鲜牛奶，咖啡，交谈着文化
女郎仍在炫耀

蔚蓝色的幻想，海边白色的诱惑
灰色沉重的失恋
如果一天要举行对青春的祭祀
我奉献的或许便是这五色的联想

港　　湾

因为曾在那儿痛哭
于是，心便虔诚地
向往将所有的岁月
奉献给那泪湿过的土地
弥补？抑或为无法解脱的牵系？

该说起世纪的乡愁
牵了人类的手，走回自然
该说到北大荒，盐碱地
南国茂密的胶林，椰树
在诅咒后梦萦的回忆

只会有一个眼神
将人和永恒连通
每一拂动长发的风的律动
被错觉成那刻的气息
所有的陶醉，茫然，游戏
只为铺垫起永恒的这金字塔尖

既然那是一泓清深的水

既然心锚已经抛下

既然思念聚焦不再离散

既然……

于是向往泊在那片沉静的港湾

答　　复

云需要答复
是去为雨，是去飞散
船需要答复
是憩息港湾，是直挂云帆
我捕捉你遥远的眼神问
那么，我们呢

古老的年轻的问题
围住光滑的前额
那是堤岸，我自嘲我滥发诗情
等待吧——
堆积岁月的沙砾
直到疯狂的思想终于踉跄着
弹回来
滚下堤岸

这世界是个未知
涨满了彻底认识你后
彻底的陌生

我悬浮着 你悬浮着
你未知 我未知
交换礼物我们捧出世界的未知

幸而我年轻而疯狂 而自信永远疯狂
于是，我向你索求这答复

青　石　板

种子从裂缝里
探出头来的第一天
你就和被牛痘苗消灭的天花
作为征服了的典范
印刷成黑的蓝的字体
成为人生的启示

从第一个捶衣妇
失足丧生起
你的周围便萦绕起一圈冤魂
青苔是深潭的手
滑溜溜张开危险的诱惑
你于是和醒目的红字木牌一起
成为一个严厉的警告

走向巍峨宫殿时
龙凤呈祥的
又是你
成为一个伟岸的造型

解　　脱

解脱成仙女的孤独
满地撒着脚印
创造一个热热闹闹的世界
掩护着孤独

而且是冬天的孤独
大地白了世界才干净起来
没有影子人在瞎蹦跶
于是看得好清楚等大地
睁开黑眼睛
我却闭上了
眼睛和心

明天还会下雪吗

我摇摇头把答案留给时间
一月的雪会把三月也染得洁白
投映一段绵长的相会,或者
钻进你今夜梦乡道声再见
在你门前的台阶
轻轻搁下一封白色信笺
停滞的脚印
是寄发时深重的邮戳

不知道明天仍否下雪
只说季节里它总会姗姗到来

来　　路

回过头来想
并没有非要不可的一只手
让我走上这条路

和你相遇不上
却恍惚相闻
这种不悔不悟的路

或许现在的心情
在若干年后回头时
便成了一种来路

所以很坦然每有究询
总是不悔不悟
想这种美丽的心事总会
总会开了细白花在某个路口
迎我

佛　光

走倦了就说我爱这里的彩幡
飒飒如归宿般飘摇
你的村落在箭的末梢
离开时目光才开始穿越时间
顺着你的足音跑向前去

就说我习惯孤独
雁阵南飞后秋野只剩下寒霜
啄木鸟叩打渐硬的路之森林
我愿独自披一头白发
背负夕阳
摸寻归家的迢遥

甚至我终于痛苦哭泣
你听到的将是新生儿的号鸣
我像一位年轻的母亲安静后
说是为了喜悦流泪

在红烛将熄的时候
我会引你到这座山来
看佛光后肃穆的美丽欺骗
那时，少女已在崖下长眠

情理之外

否则入丝入弦不 会有这般
诡奇的一生
落在不结果因缘枝头停停飞飞

意料之中你总会一遍遍耐不住我的等待
总会一遍遍你我如泣如歌
不期而遇

伸向你的手在情理之外
无以慰藉平凡些想
至少,至少在此生此世

否则晨昏日暮周楚汉吴
也用不着你我这番
牵牵挂挂

第 三 辑

屏　障

从来是张皇神乱间
不自觉轻轻地吐出你

并不知道
我这样在别人眼中
成了一件至美的艺术品

口含一枚极稀世 极灵性
玉珠 华彩熠熠
紧闭贝蚌

我只是习惯地退入
你的背后
待一阵紧似一阵山谷风吹过

在坎坎坷坷你的心中
无论如何不会料到
已是我起伏多迭却也伟岸的
最后屏障

断 层 湖

溯源而上摇桨如星时
总有飞蓬平空腾起洋洋洒洒
挥你一头迷雾
也罢，更深处风声鹤唳
或许未解人事已沉入深水
或许已沉入深水未解人事
从此有一种老成的味道
由二十支红烛头冉冉升起

尽可以参透迷津在一处处浓荫中
古往今来
撑出许多大白鸟呼喇喇从黄昏
飞抵黄昏归意阑珊
只有到夜深时立住双翅
这时候听呵我静如修子的
断层湖

我眼中无人知晓流淌着
你底层的声音

惊　蛰

灵魂绽放它自己像一朵有无数花瓣的莲花

——纪伯伦《先知》

在睡眠中梦见春天
以万千风姿开放
二十六个无花季节
田园风清澈吹透
记忆内外灰白篱门
吱呀作响赤脚由黑脸踏过
从落满粉蝶的丛林间
无人问津
栩然向庄周游境飘摇

前生后世纷纷合拢
顷刻间压坠枝头
簇我如花蕊娉娉婷婷
伸手处一堆彩云诺言般盘桓

一些往事穿来穿去撞在脚底
我躺在湿土上
听任肩头蛰伏的春天

慢慢爬过胛骨
一丝怜悯涌出早已不会流泪的
深眶
迟迟随眼角细纹漾去

为一声牧笛惹绿的相思
哗哗从远空飞渡

在看不真切的若干年后
有许多酡红晚照
雁群归徙的时候
你和我站在黄昏
向今天频频回首

希　冀

抛弃我吧
我的希冀
为什么死一般纠缠不休
既然你无边的大路
已横下几世纪的残垣骸骨
失望像不朽的兵士
伫立在风雨剥落的门洞

原野
苍凉天穹下巨大的磨盘
旋舞的风推动
碾轧泥浆无声的痛苦

大地
路的枝杈,手臂向四方伸通
目光永恒的眼睛
凝视展开的树叶
留下一片黑影
交给萧瑟的秋风

我的希冀
为什么梦一般隐隐露露
既然你无边的大路
曾载过胜利的骚动
失望像灰色的士兵
匍匐在颓败将溃的破楼

淡忘的笑

我学会了笑
在冷得结冰的车站牌下
跨上神经错乱的电车
驰往溢满嘲笑的沟峡

不是你,便是我
要为这笑付出代价
冷风是清凉剂
清凉了心,清醒了笑
我送给你的
　　是永远的笑谜
许多年后,迷雾退出山谷
淡忘不再描述月明的夏

钟　　楼

走过去多少回
只在一瞥中划下淡淡的痕迹

钟声曾敲碎静静的荷池
涟漪散去,又复一潭清澈的泉水
钟去修饰它华威的仪容
水去寻它恬然的领地

分开,不系一条杨柳游丝
不带去半点愁绪

我走了,你也将离去
送别一个无名的邂逅,没有一句的挽留

钟声湮没的地方
只有一座钟楼保护着记忆

褪　色

街上流行贫血病
你的唇发乌
我的唇发白

旋转的都市也没能
晕眩一丝血液
给褪色的画幅粉润

我们邂逅在失血的秋季
正像分别时

那时枫叶很红
血一般
如同我吝啬的眼泪

河　　边

坐在斜土坡
看水
到波漪涟及我心
不知是我 是水

露水打湿脚面
踏草如河水漫过野地

靠在九月里
看你
历岁月雪冻雪融
不知是我是你

苇花越过芦荡
纷扬如季节
从眼前来来去去

曾　经

还能看见那个孩子吗
那群孩子
他们的手即使合拢
阳光也能从指缝漏出
如同他们父亲的手
总遮不住我悲悲喜喜的泪珠

二月里如果和早春一起来
那时正泥泞
还有寒鸦天灰成一片
你不会明白这一切 你很柔弱
如同你们母亲
护你在心头
你将永不再出世

如果长大了懂得寂寞
也许会想起母亲的经过
在别的孩子中寻找你
从此由流浪者
走向母亲

在北方的冬天里
靠着渐冷的火炉拥着你
风呼啸陌生人随时不速而来
再不会有第二个母亲 我的孩子
孕你在心头只是千万别问
为什么曾经

不了了之

这样就不必在积满香灰的铜鼎里
再费劲立上一炷不了心思
跪拜时不那么虔诚双手合得
不那么大家风度
那就干脆一步跨出青门一步
踏进遗忘谷
再见时最多似曾相识就只能那么
擦肩而过

也是一种宗教

没有结局就是结局了
这种年龄好日子坏日子参差不齐
衔接得天衣无缝
要不怎么会在车门打开的同时
笑不出来哭不出来
插着双兜好不沮丧
背后拖一串流浪梦 彳亍到今日里
想起那辆旷旷荡荡老爷汽车

到底没能预料昨日明晨
载我是归程卸我也是归程
所谓车站不过是让你回味时
有一方窄窄天地
刚好容得下顾盼容得下说不了了之时
那副奇怪表情

好像不相信车子居然会一声不吭
跑出牵挂

悟性

最终理解潇洒这个字眼时
已是举步维艰
围困在亲人们情人们斑驳陆离期冀中
一路锈蚀得
古色古香雅俗共赏

不知道我寂寞到极点悟到极点会否
远远由异地孑然一身
返向另一异地
是否有雨期,突然降至

淋淋漓漓打湿夏天
那样会有许多条精致理由随之
斜斜扫过眼,落地花生
告我今日有雨今日有雨今日有雨

想着雨天心里就发出芽来
枝枝蔓蔓疯长了一夜又是一夜
直长到发现实在太不潇洒
空有一份悟性

照旧蚕丛鱼凫懵懵懂懂

一到雨季
甚至迷失得
回不到自己身边

倒也可爱

门

退向门把手时
才发现已囚徒般
再无退路

即使对你的背影
也说不出再见
就这么倚着外面的世界
等你转过头来

看见我 并且
不无预料地感受到
同样的滋味

往事一般很厚 很温暖地

从很远很累的旅途归来
卸下行装
想好好 好好在家里休息的
那一种滋味

黑色行星

或许轨道已珠链般熠熠
而你依旧为不可见的奢侈

或许发光只为对视中
照亮你父亲般期盼的眼

或许我曾想着陆 倒是你
拉起网来牵住这角小小天际

旋转着知道你终是暗淡
星系却再不会湮灭它迷一般忽闪

背　景

早潮从天的裂缝间
涌来
淹没落满疏星的沙滩
几行诗　船队
驶进大海微熹中
红帆看上去很像一次日出

东方把涂得黛青的眼睛慢慢睁开
红色瞳孔在一瞬间完成一个较量
一丝笑漾出来溅起飞花
打透诗雁

所需的是坠落
或撑开沉重翅膀造型
既然天地间慷慨给予
这么一个辉煌的背景

码　　头

鱼贩子在码头
用摩托车轰起
一个早晨的交易

集市才睁开眼睛
等待着鲜鱼和主妇们

你在码头
用胜利者的自信预言
驶入你视线的小舟

我倚靠船
寻找你江雾中挥动的手

跑　道

——致 Z

跑道很直
在一百米的地方 却倏地弯折了

道别 我们早已不再揣着
　不大不小的理由
　不大不小的心事

但,等一等
还有一个冬天接受的慰藉
向你反射一束隽永的目光

你说要顺着这条白线跑
即使有许多拐弯

我于是倚向栏杆
在时光中增加视线的力量

梧 桐 雨

瘦瘦从夏末的傍晚
滴答滴答
落成一首
被吟读八百年的词曲来

偏偏要在有雨的季节
梧桐茂密得如同你
对我那么细致层层叠叠的
安排

一些雨滴透过来
透过一片片梧桐树叶
打在长发上而一些忧伤
在你爱我却有些疏忽的寂寞日子
也便滴答滴答
透过那么细致层层叠叠的安排
打在心上

于是从茑萝初放的七月晨间
那么纤秀那么敏感的季节里

有雨的日子
你便更要密密地
密密地撑我一伞
霜后自会深红的三角枫

角　色

如果说认可了的角色
就会越扮越真实
角色的意识一旦启蒙
便必是挂了帆的红船
远远要航到幕落的天边
或是出了土的苗
实实要长成结满果的大树

而那些没有赋予名称
就已成片的林
没有刻意起锚
就已远行的
一片片白帆

最有声有色展开过的命运
难道
难道质拙无意
没有留下认可的纪念
我们便成了不被认可的角色

石　阵

传说被打败的守护神
在城北的山坡
将追赶者变成一队队
列兵的石柱

那我心中的石阵呢
是什么魔法
在抗拒征服的逃跑中
点你的足迹
由远处逶迤修迴
迫近山北

又有什么古老的解释
可以穿行而来

读懂那些巨大石柱碑文后
那些我现在
回顾的目光

最后的邀请

最后一支曲子
你穿过大厅走过来

天蓝色的骊歌
从你的眼中
幽幽地流泻出来
我握着你的手
想邀请你到
四月里去

一片鹅黄
从嫩绿的田野
开始向我们漫延

黄昏已至

黄昏已至
路灯和今夜星同样没有升起
失散的道口也许就该这样恍恍惚惚
如同早些时候欣赏的一部黑白片
（我想该和谁看一场地道的环幕电影）

黄昏里 可以想象一个人走在雾都伦敦
在洛杉矶街道大步流星
反正没人注意你
随便哭或者笑 反正你心仪的人
失散了或者干脆在逃避
这好一场疯疯癫癫的眼泪

顺着模糊的家的意念走回
反正是起点是终点往家走总归不错
如果这个夜晚终究暗淡没有星火
点燃诗稿或许会亮堂些微

只要比黄昏
清晰些冷寂

这样才记起
两个人的黄昏
重逢时要求报答的
某个道口

因为有了秘密

因为有了秘密
所以才成熟起来
并不是每一番四季交迭
便恰恰走过一岁光阴
只是在深沉秘密落入心潮时
那些波漪
那些荡漾不去波漪
于是为生命树龄
深深刻一圈年轮

在这些筑起的缄默后
有着许多谨慎庄严的等待
独自或者两个人的承诺
要经过许多星移斗转的时空
才会有一次履约的机会

而为着等待充实了的岁月
在保守秘密的同时
保守住一份默契和谐的安详
如果终生无法实现

那就在成熟的透悟中涅槃
当人们远行到南极大陆
甚至发现冰川的年轮
又有谁
有谁会知道它们的秘密

但
所有的人们都会深深地
深深地折服于
它静穆的美丽

礼　物

斟酌来思量去
始终不知道送怎样一件礼物
像语言一样的礼物
给你

橱窗里每件物品都像日子
前后相同排成长长一溜
可今天怎么也不会是那
随手所指的一个呀

月色明亮洁白
在桂香的树下
馥郁浸透的今日
应该有一种同样宁馨
同样皎皎的纪念

当我从灰头雾脑长途车上
一路想着你走下来
不知道一段段长长邮路已经结束
我被千百句祝福包裹着

站在你的面前

在分别了那么长久
那么长久星星稀落的过去
再见的我们
不已经是一件礼物
一种语言

距　离

不想告诉你那些冗长的故事
人们走来了又走去
最后是一个人在田野跑动
背后,墨绿色的松树林挡住了记忆

你目光的呼唤也遥遥地
退隐进那片暮色里
而我将不再回应
一切远去的

或者你问讯
在我每一次的抬眼间
柔柔送来一阵关切
我想起那些美丽的夜晚
目光柔柔地圈住我们的孤寂

而我仍不会回应
你越来越近的探询

害怕你是一片云

为着雨季而聚拢着飘来
轻轻触摸你时
你交织成一阵黄金骤雨
然后无声地消逝
于是我宁愿永远沉静地注视你
直到你从我的头顶
移向另一块天际

而我不会叹息
甚至庆幸　纯蓝天空很美很美的宁静

害怕是那句最可怕的谶语
我们最后淡漠得
像两片石鱼
于是在白天和夜晚的世界里
我从很远很远的地方
追随着你

悄 悄 话

来，在这棵松树旁
对你说悄悄话

轻轻地对着你的嘴说
这儿离心近些
问路的石子划过心湖
你的涟漪扩展在我的唇角

来，在这方青石上
对你说悄悄话

静静地对着你的眼说
这儿离记忆层近些
思念的目光刻进记忆
你的记忆风一般牵住我的白帆

这个寒夜不知不觉
长出一句暖融融的悄悄话

踏过青草地

只要有蓝芙蓉开放
在绿绿的清晨
绿绿的青草地
我总会如期而来赤足踏过

在发现的一刹那
就不忍离去的这一块
芬芳的青草地

安静得像一片等待
绿茵茵铺满整坡怀恋时光

我又怎能逃过这段诱惑
赤足踏过青草地
如果我的花儿
我的蓝芙蓉在那里
已纷纷绽放

逝

借流川膂力渐渐揽完
旧时庶几期盼
飘忽不相待 古风飞掠耳际
梦境中 仍夜夜是小楼秋月
最初被贬谪 由此箭离弓弦
把自己流放在 刻满路标异境他乡
故园依然是最后的目标
遥遥和临行前一句相对
终有一天 川上子曰惊落感伤
篱落之旁,阶砌之下
已是他人足痕
梦里设而不开红门终启时
驿马已停 秋月却
无影无踪

火　山

在静静苍穹下瞭望过去
可以看见不分明山影
朦胧如同记忆
层层堆积成凝灰岩的山锥

一种暗红色的印象
流淌着经过瞭望者的眼
缓缓仿佛这把圣火熄灭前
熔融岩浆传达的最后信息

在它休眠的时候
尽可以沉浸于梦幻般的安谧
尽可以有沉思有冷静有退隐
有千千万万个借口从最璀璨喷溢
一直退到蹒跚踯躅

酝酿的过程简单而深奥
遥相呼应的纪年史
明明白白告知你
让你无法预计然而深信着

有那支柔纤婉约长曲
复苏一种感觉
在心的灰烬中慢慢隆起
正是喷发过的幸福与伤痛处

无法抗拒火山正如无法
无法堆积出一座火山

秋天的续篇

如果秋天
果实还没泛黄就落下枝头
春天便不去做甜蜜的野餐
给幽山亭楼一段果子露的回忆
一缕骄傲而浪漫的诗情
和一个不小心滚到地上去的大鸭梨

春天埋下头去耕作
尽管冷湿的土,曾埋葬了太多的苦涩
春园的和夏夜的慵慵温情
踱着步敲打冻结了一冬的河滩
然而过去了的秋末,一把野火
已将温情的收获
烧成废墟处一堆新的灰烬

没有收获的秋天
贫瘠于是结构一个序曲
用脚步在大地丈量,排列着另一组音符

流出来
该满带了春天的丰腴

菩　　提

总有什么形象被固定在砖石上
之后砖石被飞沙吞噬
暗云流动
从你心到我心
终是涅槃
一缕青烟白日中升向故里
走一圈过场在新叶下蜷缩

解释 枯叶实际春夏秋冬脉络一如此片
由你竖发看向森林
都是威武都是青黝
都将被利斧逐渐砍伐
不用计较因为
午后说起凌晨梦已不算谶语

就是仇恨
也成为轻描淡写

读别人的故事

在掠过的文字上
经历一场战争
一次人生
和你走在字缝里
随目光和故事和人群一起流动
走过清末 走过本世纪
从巴黎到伦敦 到北平 到
我这堆满书籍的集体宿舍

在主人公逆境中
我努力鼓动你支撑着支撑着
你们同时静静地想一会儿
忍受一阵要知道
翻过几篇后就会大笑
就有很缠绵很幸福的场景

那时他们和我们同样紧紧相偎
从容地在大广场散步,擦肩而过时
像所有成功而友善的人
对视而笑

我们很熟识似的 我这么想着

在故事的结尾处找一把绿色长椅
坐在那儿想想过去
望着天空发起怔来
直到你隐进最后一个假设中

天琴座

被随便诠释成一个女子
青白又哀婉绯丽的一生
在北部天空中
隔河东望

殊不知心中满满的潮涨潮落
由河岸汲水而归
独叩石甬千万种来来去去拥挤前路

证实了一种揣测
使你空空如也仰头凝眸时
不辨东西
前世缘分天马行空
张开手心但见三五句预言丢盔丧甲
狼藉一片

只是仍旧有天籁
清清冷冷在圆月当空
步入你独斟杯箸

溜　达

索性躲到街市上来
成了一小块红红的广告色
溜溜达达地流动

这下你该找不着了
或者你先被擒住
拘拘谨谨地当一个句号
点在老远的城外

而我在银色的缎面
滑过
在某个灰色的小巷失踪

慢慢地从地摊前踱过
和不认识的谁说着因为
居然有很多很多的快乐
一个人探出头来招揽生意
不，我摇摇头
我要找一件初春般淡黄的衣衫
歉意地笑笑

正像没有选择你时那样

尽管你挑选了我
孤独

愿

愿紫藤般缠绕你
依依漫过岁月长堤
在秋天里结成绒绒荚果
绒绒如黑发拂动在你面颊

愿微风般和你絮语
悄悄吹透牵挂白帆
航程里一只海鸥盘旋追随
盘旋如静夜里不散的思念

愿春天般为你风景
绿绿染遍希望林木
每片树叶托住一块小小蓝天
小小如我们营建的新屋

愿寂寞不再苍老
愿所有柔情的呼唤
不只从林梢掠过
……

琥　珀

也许最后一个下午的微光
是你黄褐色的装饰
慢慢地燃烧成一炷清香
日落后没有尽头的梦呓
顿时也袅娜着飘逸起来
彩蝶般在秋天的大田里飞舞

所有的大门
都黑黝黝地紧闭
当我的眼睛
琥珀一样升起
一瞬间会有一首歌漫过你
如蒿草或春天
染绿你那时的季节
你会从轮椅中走出
散步到发白的那条曾经绿色长椅

很深很深的地里
从某个突然塌陷的年代
开始蕴化一块透明的
泪色琥珀

感情世界

顺着涟漪漾开
湖风轻轻地
拂动一根单弦
断
　续
从黑鸦之背穿透一丝天籁
三色堇纷散着以天之角形象
降临
诗片如青鸟
在金色湖畔翩翩飞翔

不被提起的是一个
昙花开放的白夜
曼陀林的八弦
在风之手指下
舞蹈太久直至
猝死

悲　　剧

悲剧是天鹅的高傲
向它水中的影
缄默无语

凡安琳只在一个透明的世界低吟

两双翼翅交叠
会是一组协奏曲的
音符，却攀着五线谱
追它云的神逸

悲剧是云的飘忽
淡淡的
聚拢，散去
……

河水只在解冻时唱一首古老的歌

剪不断的雨丝

实际上重逢
和分别一样
是一种结局

都很自然地说着闲话
有一搭没一搭
像挎着你的胳膊在大街上
走走停停

省略掉问候或者祝福
大大咧咧
如同串完门后
回家中歇息
然后到离家很远的地方
东张西望

没有预言的日子
梅雨时节
有一种预感
敲敲门，进来

和分手时一样突然
谁也不说有什么过错
分手或者重逢
外人看起来更是平平淡淡

音　乐　岩

从地里生长音乐树结果后
无人采撷的远古
纷纷坠落成这片
林间的音乐岩

不妨轻击石琴
悦耳和声中
总有人慧心独在
引蓝色多瑙河汩汩而流
飞鱼一时间跃出水面
鳞片闪烁如星

当圣母颂缓缓奏起
夕阳下金色音乐岩凝重
如一幅拉斐尔名画
笼罩着深沉的祭祀美

怪道有神奇造化
千年万年
只因为初时一段
寂寞时光

第 四 辑

游　　历

无论渤海碧水断桥残雪
或心湖风荷眉峰关隘
而归后不过一纸游历
深锁于岁月深处

午后佛光排空万象
所有无边风月壶中天地
一如低云平荡
光环中唯剩自己隐约人生身影

即使惠我生花梦笔
也写不出这段坎坷这段沉渐
不倚不傍却时时在峰回处
立于路前

红尘笔记

假如未来可藉可枕
我又何必进这深沉如幄人生
拨开岁月一页页 如歌如泣
处处迷津雾波微茫

倒不如缘溪傍渚
早春里开成一株空谷幽兰

假如前生无所牵挂
我又何必在黑发如绢时
依稀认出些老路旧舍
心中埋藏的神秘方向
由路边阡陌一一印证

就仿佛曾经在此回头
勒马等来世遥随其后

最后的秋日

一夜狂风
凤凰木落尽红羽流苏
杨树残存最后几片枯叶
准备被冬天击中

阳光照在秃枝紫丫上
一路伶仃 一地孤影
仿佛风足过处
倒拖一柄稀疏尘帚
早早将软弱娇嫩处
扫留在秋日里

不知我立马凋零
是否也就留在了这个季度
那些不堪雪霜的脆弱是否
就可以紧挨着在秋天一角
安然无恙

倘若秋日有情
飘飞飘落也或许
为最好的选择

凤 凰 台

早已把流水弹成凤箫
溯音而上
拾级登台远眺
琴人去处有凤凰来仪

而她远去背影
永不再回转身来将寂寞
晚霞一般高高升起

所有旧日悲欢也
追随着翩翩飞离

在你拍栏感怀的时候
如果有凤凰来仪
那是些不舍的牵念以为
以为有知交
跋山涉水而来

未完成变奏曲

你们的掌声不会追踪到
我现在展开的思想

从因为空闲而疲倦的同伴旁
我已经越过荣辱
远离蜂舞
在滚滚红尘中变化沉浮

及至终曲
也返不回原处
最后一次变奏 在谢幕前
面对唯一观众
它暗暗重复之
最初陈述

风　幡

风动
幡动
心若潭井
也只见莲花佛座

风停
幡停
身若柔波
岂只是柳絮绿风

即使一生凡俗
成为禅宗注脚
又怎逃芸芸你我

在绿篱这边

只一丛枸橘绿篱
便多出一道柴扉
从此有出出进进
如感情世界的层次
即使我飞鸟游落
投林于琼瑶木桃
在绿篱这边
四月花园中奇草异葩
分明以初栽时的深意
摇曳于轻风

此刻我推门
便走进已在的情愫
在绿篱这边回身
向你招手
粗糙一道柴扉
便隔出无法逾越
一壑初时的深意

日　食

太阳
纵使残损
也制造新闻

每一双眼睛痴迷地
向他探询

而丰盛着的蚁的筵席
被狂热的人流
践踏

阴影在此刻成为
美丽的

秋　夜

风吹枯叶
飒飒似锯切之声
秋夜里入梦来
尽是些战事碎片

仿佛过眼后报端铅字
纷纷站立成沙漠奇师
一句预言腾空而起
在梦中幽幽拖着长尾
成为全面开战蓝色信号弹
甚至自己成为其中一片
怂恿不了梦境一夜间
直战到所有军事片结尾的模样

等不过蟹爪兰开红圣诞
远处消息
已蕴发几度战事几番离乱
秋夜里因为有风
一切担忧乘机随风而动
酝酿已久的萧瑟之情

跟在逃离队伍后缓缓移动

原来秋阳下校园茸茸厚草黄坪
几声喟叹
也就成了中东一处
尘土蔽目的沙场

无 法 改 变

答应你再不剑拔弩张
不活得那么张狂那么仔细 那么
遗憾无边无际
唯恐落下回忆长成野草
萋萋没过一生骄傲

是的我相信有一天甚至留不下
这份温柔私心
涩涩地在弥痕密布岁月外
无声无息

而你原来是想好了我
柔顺光洁的
一生

其实这些都无关紧要
你仍旧得小心呵护我仍旧带点敬仰
知道我时常践约时常不守诺言
我总是晃晃悠悠
无法改变

恩　赐

轻枕夜晖
在疏林间伴溪而眠
淡淡晨雾消散后
俯首皆是木兰的坠露

我啜饮的恩赐呵
又岂止是初醒时的厚爱

引我流连的山野氤氲
收揽诡谲风光这一段长长迷失
不也是我要轻捧着
轻捧着感激的恩赐

日落之后

日落之后
背上顿时感到一阵凉意
不知不觉
这个冬日晴天
已落下帷幕

渐暗，渐静
仿佛告别后
心的历程

坐在原来的位置
不同的只是心境
随披衣一同上肩往事
倘若暖暖，金黄
发出阳光下稻草的气息
日落之后
不同的也仅仅是
日落之后

走　　廊

一整天
邻室的门摔过来 又摔过去
成年人的经历多结
纠缠成一份无奈
纵你以出逃之快刀
把自己与过去一刀两断
斩也斩不尽是有些旧日子
旧友在不料中推门而入
那时候走廊里不是寂静
就是喧哗

我们也只有躲在隔壁
一阵唏嘘
忽然发现已到了
过去谈论中别人的年龄

于是每副脸一下子肃静起来
穿过窄瘦走廊出来出去
小小心心滑过磨花石格
心知命运已到露面时
抬头或转身
也许便狭路相逢

镜 子

从别人眼中
看见自己
有些陌生
却不得不承认
憔悴的 不是他人的目光

从孩子身上
看见自己
越发熟悉
于是便不断重逢
转青的山林 蓊郁的记忆

有时从镜中
读出文字
我远远地来
我远远地去

白　兰　花

最香在欲开未开时
南国五月
花事最盛的时节
清晨在绿枝间采收白兰
置于案前
于是便有甜雅浓馨
整整一日芬芳

最微妙在欲语未语时
豆蔻年华
心事如潮的岁月
那时你等我絮语
藏于胸间
于是便有今日之后
成你伴侣 朝朝暮暮

飞　草

只就譬如我是那株飞草
南美洲的飞草
从干旱的等待中整个儿
拔出我自己
紧裹最后一缕温润
我随风飘荡

绿色翅儿近透明
不似阳朔四年
如缶飞星撞醒众人

不似飞星
我尚存雨后花期
飞扬以避开一生枯萎
也是一种等待
更何况我盘旋不去
总在你轻唤声内

一直等待的消息

反倒使我比素日
更加平静
一直等待的消息
一直等待

它来的道路已经被我望平
道旁已是种满期盼
林荫蔽日的今天
浪迹秋天消息如一柄黄叶
宛转飘落进杂草丛生手心

激动被时间磨蚀得
失去棱角
我这样默默地接受你
如同我接受默默的时间
一直等待的消息
哦,一直等待
……

暗　星　云

需要启发的时候
就是说已经丢失了什么
不可能在过去的树痕里
从那么虔诚那么深刻的刀印中
顿悟时间的哲理
暗淡,然而存在
如一尊古文明的雕塑
穿过眯缝着温柔起来的眼
黄昏徒劳地流逝

奢望成为季节
从冬天到冬天
进入晕眩后产生种种错觉
循环而至的错觉
和遗忘
降雪时有一种新鲜的惊奇
如同第一瞥的感觉

已经麻木在
驮了很久的岁月下

伸出触角探寻
发现自己被自己
沉重地压着

即使没有启示
也知道这个冬天走到了尽头

蓝色岁月

从飘满足迹的河川
蹚水而过，轻轻的
对岸有秋天
很庄重很成熟地招呼

蓝知更鸟在同一时刻
飞掠耳畔

以落叶形象泅渡
并且繁衍什么
终归在湍湍水面
划开一道裂纹
无调性歌声由此追随着
踏波而来

清流在疏星下看幽幽
如同我背上披紫衣的诗人
无法拒绝在风铃草中
建一座殿堂塑上她或者我或者你
所有蓝色岁月

然后和走不出的故事一起
游向对岸
开满矢车菊的黑土地
秋天很悲壮很欣慰地向我注视

红 葡 萄

葡萄熟了
庄户人站在走了千百回的路上
筛碎的阳光跳跃着
是在捕捉来去纷纷的形象?

藤萝勾绊了许多游者
绿的,正扮作春之迷人的霓裳
庄户人踩着土坷走来
劳作着,不见荫深处轻歌曼舞的戏场

秋吹起呼哨
吹冷了一场场喜剧
梦春者又向他乡云游
云游是漂泊浪漫的旗张

葡萄熟了
醉红得像玛瑙
像庄户人的眸子
暗闪的,是曾在这里流连的眼睛
庄户人背着篾筐
沉沉地采摘来几个季节的辛劳
走在逝去过另一片欢笑的村场

暗　示

明天她们有许多理由
要出门
一句男中音的预报
忽然挟风裹入
所有行动一时间便栖满
绿色草蛛

寒流将至
言语之外的暗示
顿时如赤狐从棘林间倏掠
而此时已驱我在寥寥明日
飞跑开来

原野牧歌

将这四月横吹
从熏风音孔
茫茫草原上悠扬着
我如丝如缕牧笛的长音

骑开梦里白马
跑遍二十年葱茏山冈
蓝蓝天空下飘荡着
我如云如浪的思绪

赶着阳光徜徉
从秀泽滨畔到彩叶丛间
这般怡然逍遥
只因啊我挥鞭放牧
原本在青春原野郁郁草场

花　钟

以一种花的语言
准确告知季候时辰
在大地横跨万里钟盘面上
从古到今用神奇一指
分分秒秒
安排春华秋实

总将牵牛
吹开蔷薇梦翅
而一现昙花
只在紫茉莉芬芳熏透的深夜
轻缓柔姿瓣瓣鲜妍

一夜清辉
花钟总也无声
即时落花时节
萧萧林木无边凋谢
敲碎月色荷池
不过用轻雨点点

回　望　台

知道除了撤退
别无退路
倒拖了一千个理由
从回声四起的山峦逃离

伫足回望时见岁月
在来路头结成一枚石榴
裂放开如一种呼唤
血，一滴滴落下

车辙以那个年代的沉重凌乱
压过额头
向衰草巍巍的荒岭
隐没

知道这份年纪
是一座回望台
鸟群归巢时候惊飞枯叶
纷纷如系列遗憾

总是等待

无奈或是自负
总是等待

把日子断成几段
从段落间穿行而过
在每扇橱窗后看见张望面孔
我没有答案
神伤也罢颓废也罢
你仍旧有权利等待

并且如罂粟般开出花来
美丽等待

拥挤到银色世界
与隐约昭示面面相觑
认出每副面孔
每段不了心事
棋格般规整在大街小巷
有身影从太阳路面驶过
安慰着等待
一些奇迹花边般
堆满领口

青鸟湖畔

得鼓起勇气
才敢面对这帧旧照

和女友们的脸
她们早已各奔东西
彼此失去联系
最后的一句
只道是飞向那边

我知道她们飞得很远
各自保有一帧旧照
在起飞前青鸟的湖畔
坐于风膝之上
她们参差搭立成
自然音阶的竖琴

风穿过她们的长发
飞扬的长发呵
金色之手拨弹她们
她们一个一个

飞向远方

今天夜里
只有我去湖畔
把最后一个音符弹完

最后一只青鸟飞远后
她们零零碎碎的梦回
便只有独栖在自己
无垠的心湖之畔
永不回返
永不回返的
是淅旧弥珍那时一瞬

浮　槎

本是一叶木筏
沿不回头河流跌波而下
两壁青山斧削深黝
孤崖上鸷鸟盘旋
一声长唳撕破静空

为着所来处叫作天河
泛海与人相遇
唤作浮槎物志上众说纷纭

年年折雁投鸿
不失期几千里云路
去来匆匆
孤独处一纸去岁问候
声如细雨泪已滂沱

滂沱流成天河
浮去湿笺，难道
难道只是一种红鸾传说

误点的航班

航班误点
机场大厅告示数码
一遍遍闪烁
等待的人
于是倒背着双手踱开方步

我爱
我也在等待你

你已误点
杳杳无回应预示归期
我曾许诺耐心
耐心等 愿踱圆镰月
如童话结局
可我爱
青春匆匆
又怎是一处等待的地方

又见田园

枕着诗
便断续作诗的梦

萨克斯低沉回荡那股哀怨
浓浓密密围过来
都市以锥形角斜睨着你
没有湖泊下潜
大陆 清清白白然而赤裸难当

界限模糊没有人指示田园
只有门户虚掩一如我家
独自撑舟淌向清凉沙洲
噢,又见田园又见田园

又见田园 有字句从去岁年末贺卡
随蓝风悠悠渡来

又见田园

天空的局限

望断南飞雁
去矣 秋空里几声鸣唳后
羽影杳无
定格眼底的形象
此刻却一分钟
有三千次翅膀的飞翔

大雪纷纷的冬夜
心灵田原上
可以长绿许多珍爱
当温柔眼神望下
一轮圆月也便
如水照白视界

而晴空七彩
甚至于彗星长裾
不过囿于选择的词句
无法言说的绯红人面
在词句外却可以
扑朔迷离

古　铜　色

家珍是古铜色的
许多代品鉴摩挲下
幽幽泛现旧日荣光

晚钟是古铜色的
最后一声击鸣绵邈不绝
悠悠回荡深秋峰峦

那时你脸上分外金黄
金黄灿烂的阳光
度过岁月风霜在记忆深处
辉耀闪烁古铜色
古铜色的敦重庄然

遗憾芭蕾

之所以跳
并用红舞鞋足尖
跨过鳞次栉比
生长的遗憾
只因为遗憾

甚至一句寻常话语
也会笼罩我
如淡蓝追光照在一曲末了

遗憾芭蕾
从我飞不起白羽的衣翅间
从我留不下湖畔的青鸟阵里
从我高垒的往昔时光
从我重逢的旧友眼中
由一双红舞鞋
旋舞而来

在如林的乐盒里
我唯独选出一曲沉思

听提琴音在锥形光柱下
从足尖悠悠流出

料道曲终时或许又一片遗憾
遗憾芭蕾
只为一次选择
便要一次次不停地跳呵跳呵
……

怀　念

我怀念一片空寂的旷野
乐音在喧闹的屋檐
神秘的烛光遮住了世界
世界只存在星和月的和谐

寂寞的松树说着寂寞的故事
寂寞的心在路途上叠接

我采撷过许多的星星
用期冀和叹息编成柔软的梯绳
疲竭地攀着险峭的路
前方 却等待着漆黑的天阶

我躺靠着我无边的淡漠
作为墓碑 作为心 作为面颊

我怀念一片空寂的旷野
淡漠遗留在迷蒙的暮霭
明灭的烟火映出世界的轮廓
世界正褪去黑的外衣,投出光的引言

筛　月　亭

六朝古松在旁
让月光从松针筛过
落于亭上
远远由人张望

我所有的
只是一片素心
和密密走过的岁月

在夜晚我停住的地方
值得记忆的岁月
便从素心筛过
落于我

那时我是一座秀亭
承受月光
伸出的手臂
因为一种仰接的姿势
而变成飞檐

后记

《再见雨季》这一部诗集收录的诗均创作于 1981 年至 1991 年在清华生活的十年间。

记不清怎么开始写诗，如同记不清自己怎样被孕育，在我，一切都是自自然然地发生。为一种神秘的感悟所陶醉，为一次猝然的静穆所困惑，为一种恋情吸摄又抛弃的反差，为一份寻觅跌落又唤起的潮涌。我用诗追踪很缥缈、很具体的人生。总会有另一个女孩，或很多女孩，与我走着相似的路，或许这些诗，会在某个道口，为她们牵起一缕可以飞起的情思，而很多年以前，我便是在那样的情思中，寻得我深爱的一份宁静。在一处冷冷的大地，一缕情思是一壁风墙；在这个喧扰的世界，一份宁静是一份生命。自认为诗透彻了生命时，随之而来的是解脱感，而之后，是更多的观寻。世界就这样扩大开来，如同笛卡儿的圆。

2014 年 10 月